It Looks a Lot Like C
Ya parece Navi...

For GS, a special child of God
Para GS, un niño especial de Dios

ISBN 978-0-687-65182-5

English text by Peg Augustine
Texto en español por Emmanuel Vargas Alavez
Illustrated by Terry Julien

07 08 09 10 11 12 13 14 15 16—10 9 8 7 6 5 4 3 2 1

Manufactured in the United States of America

It's a cold, snowy day. "Just right," Dad says, "to buy our Christmas tree!"

We look at lots of trees. Finally I find one that I think is perfect. Dad thinks so too. "I like the way the branches point toward the sky," he says. "It reminds me that Jesus came down from heaven to show us how to live and love."

We buy two holly wreaths for our doors and a spruce wreath for the dining room table. Then we hurry home out of the cold.

At home Dad puts the tree in its stand and brings it inside. I am in a hurry to decorate it, but Dad says it is too wet. I am so disappointed!

Mom hands me a cup of hot chocolate. "Look," she says as she turns off almost all the lights.

"Ah-h-h," we all say softly. The ice crystals on the tree make it look as if it is already decorated. Mom tells us that many people believe a pastor named Martin Luther saw a tree reflecting light from the moon and stars out in the forest. He started bringing one inside at Christmas time and putting candles on it. The evergreen tree reminded him that God's love never ends and the candles reminded him of the stars that shine at night.

In the beginning . . .
God created the
heavens and the earth.
Genesis 1:1

Es un día frío y nevado. "¡Es perfecto para ir a comprar nuestro árbol de Navidad!" dice papá.

Vemos muchos árboles. Al fin encuentro el que creo que es perfecto. Papá también piensa lo mismo. "Me gusta la manera en que las ramas apuntan hacia el cielo. Me recuerdan que Jesús descendió del cielo para mostrarnos cómo vivir y amar".

Compramos dos coronas de acebo para nuestras puertas y una corona de abeto para la mesa del comedor. Y luego nos vamos rápido para la casa lejos del frío.

En la casa, papá le pone su base al árbol y lo mete. Yo quiero decorarlo rápido, pero papá dice que está muy mojado todavía. Me siento tan decepcionado.

Mamá me da una taza de chocolate caliente. "Mira", me dice mientras apaga casi todas las luces de la casa.

"Ah-h-h", decimos todos asombrados. Los cristales de hielo en el árbol lo hacen ver como si ya estuviera decorado. Mamá nos dice que muchas personas creen que un pastor llamado Martín Lutero vio un árbol en el bosque que reflejaba la luz de la luna y las estrellas. Así que comenzó a traer uno a su casa durante el tiempo de Navidad y le ponía velas. El árbol siempre-verde le recordaba que el amor de Dios nunca termina y las velas le recordaban a las estrellas que brillan en la noche.

En el comienzo . . .
Dios creó el cielo y la tierra.
Génesis 1:1

Dad and I hang the holly wreaths on the front doors. "Ouch!" These leaves have prickles! Dad tells me the holly reminds us that Jesus wore a crown of thorns when he was crucified.

Back inside, Mom has the spruce wreath on the dining room table. She breaks off a tiny bit for us to smell. We help her put four fat purple candles around the wreath. In the middle she puts a tall white candle.

"The wreath is just like a big circle," I say.

Mom smiles. "Yes," she agrees. "Like a circle, a wreath has no beginning and no end. Just like God's love!"

"May we light the candles?" I ask.

"We will light just one tonight," Mom answers. "Then each Sunday until Christmas we will light another one. This helps us to remember that Jesus came into a world that was a dark and lonely place. He brought light and hope to the world. The white candle stands for Jesus Christ. We will light it the very first thing on Christmas morning."

We light one candle and say a prayer. Then it's bedtime.

Let us walk in the light of the LORD!
Isaiah 2:5

* For prayers for lighting the candles in the Advent wreath, see the last page.

Papá y yo colgamos las coronas de acebo sobre la puerta del frente. "¡Ay!" ¡Estas hojas tienen espinas! Papá me dice que las hojas del acebo nos recuerdan que Jesús llevó una corona de espinas cuando fue crucificado.

Ya en la casa, mamá ha colocado la corona de abeto sobre la mesa del comedor. Mamá rompe una ramita para que percibamos su aroma. Le ayudamos a colocar cuatro velas grandes alrededor de la corona. En medio, ella pone una vela alta y blanca.

"La corona es como un gran círculo", le digo a papá y a mamá.

Mamá se sonríe y dice: "Sí. Al igual que un círculo, una corona no tiene principio ni final. ¡Igual que el amor de Dios!"

"¿Podemos encender las velas?" les pregunto.

"Esta noche solamente vamos a encender una", me dice mamá. "Después, vamos a ir encendiendo una cada domingo hasta llegar a la Navidad. Esto nos ayudará a recordar que Jesús vino para traer luz y esperanza a la gente que estaba solitaria y en la oscuridad. La vela blanca representa a Jesucristo. Esa la vamos a encender inmediatamente en la mañana de Navidad".

Encendemos una vela, decimos una oración, y nos vamos a dormir.

¡Caminemos a la luz del Señor!
Isaías 2:5

* Las oraciones para encender las velas de la corona de Adviento se pueden ver en la última página de este libro.

Finally it is time to decorate the tree! First we put on lots of lights. We all like different kinds. Mom likes the tiny clear ones because they remind her of Jesus and of the stars. I like the little twinkling colored ones, and Dad likes the big colored ones.

Dad tells us that the red lights remind us that Jesus died for our sins. Because Jesus gave himself for us, we have eternal life.

The green bulbs remind us of that life that will never end.

The yellow lights look like gold as they shine on the tree. Dad says that they tell us that Jesus is a king in heaven and in our hearts.

> *For a child has been born for us,*
> *a son given to us;*
> *authority rests upon his shoulders;*
> *and he is named*
> *Wonderful Counselor, Mighty God,*
> *Everlasting Father, Prince of Peace.*
> *Isaiah 9:6*

¡Por fin llega el tiempo para decorar el árbol! Primero ponemos muchas lucecitas. A todos nos gustan de diferentes tipos. Por ejemplo, a mamá le gustan las pequeñas y claras porque le recuerdan a Jesús y las estrellas. A mí me gustan las pequeñitas de colores y que titilan, y a papá le gustan las grandes de colores.

Papá nos dice que las luces rojas nos recuerdan que Jesús murió por nuestros pecados. Y porque Cristo se dio a sí mismo por nosotros es que nosotros ahora tenemos vida eterna.

Los foquitos verdes nos recuerdan esa vida que nunca termina.

Las luces amarillas parecen de oro cuando brillan sobre el árbol. Papá dice que esas nos recuerdan que Jesús es el Rey en los cielos y en nuestros corazones.

> *Porque nos ha nacido un niño,*
> *Dios nos ha dado un hijo,*
> *al cual se le ha concedido*
> *el poder de gobernar.*
> *Y le darán estos nombres:*
> *Admirable en sus planes,*
> *Dios invencible,*
> *Padre eterno,*
> *Príncipe de la paz.*
> *Isaías 9:6*

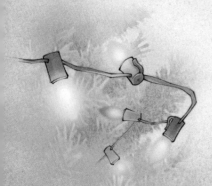

As Dad and I begin putting other ornaments on the tree, Mom reads us the Christmas story.

Long ago a young woman had a special visitor. The woman's name was Mary, and the visitor was an angel! Can you imagine? Mary was very surprised to see an angel in her room, and what he told her surprised her even more. "Listen, Mary," the angel said. "I have good news! You will have a baby boy, and he will bring peace to all the earth!"

Dad and I hang blue balls on the tree. The blue reminds us of Mary because we often see paintings of her wearing a blue cloak.

Mary was engaged to marry Joseph. They were very excited about the birth of their baby. But then they learned they would have to go on a long trip to Joseph's hometown.

Dad hands me a little donkey to hang on the tree. The donkey reminds us that Mary and Joseph traveled to Bethlehem.

She will bear a son,
and you are to name him Jesus,
for he will save his people
from their sins.
Matthew 1:21

Mientras papá y yo comenzamos a poner los otros adornos en el árbol, mamá nos lee la historia de la Navidad.

Hace mucho tiempo, una jovencita tuvo una visita especial. El nombre de esa joven era María, ¡y el visitante era un ángel! ¿Lo pueden imaginar? María se sorprendió mucho al ver a un ángel en su cuarto, y lo que el ángel le dijo la sorprendió todavía más. El ángel le dijo: "María, ¡tengo buenas noticias para ti! ¡Vas a tener un hijo, y él traerá paz a toda la tierra!"

Papá y yo colgamos las esferas azules en el árbol. El azul nos recuerda a María, porque con frecuencia vemos pinturas de ella usando un manto azul.

María estaba comprometida para casarse con José. Estaban muy felices de que el bebé fuera a nacer. Pero luego se enteraron que tendrían que hacer un largo viaje hasta el pueblo natal de José.

Papá me pasa un burrito para que lo cuelgue en el árbol. El burrito nos recuerda que María y José tuvieron que viajar a Belén.

María tendrá un hijo,
y le pondrás por nombre Jesús.
Se llamará así porque salvará
a su pueblo de sus pecados.
Mateo 1:21

Bethlehem was so crowded that Mary and Joseph could not find a room for the night. Finally they found a place to rest in a stable. It was full of animals, and they made it warm and cozy. That very night Jesus was born. Mary wrapped him in soft cloths. Joseph picked up some of the hay that the animals were fed and put it in the manger to make a soft bed for the tiny baby.

Dad hands me a string of gold tinsel. I hold it against my cheek for a minute. It tickles! I think the hay would have tickled Baby Jesus. Dad and I wrap the tinsel around the tree.

She . . . wrapped him in bands of cloth,
and laid him in a manger.
Luke 2:7b

En Belén había tal multitud de gente que María y José no pudieron encontrar un lugar en el mesón para pasar la noche. Finalmente encontraron un lugar para descansar en un establo. Estaba lleno de animales, y ellos lo hicieron calientito y acogedor. Esa misma noche nació Jesús. María lo envolvió en pañales suaves. José juntó algo de la paja con que se alimentaban los animales y la puso en el pesebre para hacer una cama suavecita para el pequeño bebé.

Papá me pasa un hilo con adornos de metal dorado. Lo pongo sobre mi mejilla por un instante. ¡Me hace cosquillas! Creo que la paja debe haberle hecho cosquillas al Niño Jesús. Papá y yo colocamos el hilo dorado alrededor del árbol.

Y lo envolvió en pañales
y lo acostó en el establo.
Lucas 2:7b

On a hill near Bethlehem, an angel appeared to a group of shepherds. The shepherds were startled and afraid, but the angel told them some very good news. "The Savior of the world has been born. You can find him in a stable in Bethlehem." Then many angels sang praises to God.

Glory to God in the highest heaven,
and on earth peace among
those whom he favors!
Luke 2:14

The shepherds hurried right to the stable. Sure enough, there was the baby just as the angel had said. They were so excited that when they ran back to their sheep they shouted the good news to everyone in town!

Dad and I open a box of candy canes. First we each eat one, then we hang the rest on the tree. The candy canes remind us of the shepherds' crooks.

Dad lifts some tinkling bells out of the ornament box. Sheep often wore bells so the shepherds could find them if they got lost. Jesus came to be our Good Shepherd. Jesus came to protect us and care for us.

Dad lifts me up so I can put the angel on the very top of the tree. The good news the angels brought the shepherds is good news for you and me!

En los campos cerca de Belén, un ángel se apareció a un grupo de pastores. Los pastores estaban asombrados y temerosos, pero el ángel les dio una buena noticia y les dijo: "El Salvador del mundo ha nacido. Lo pueden encontrar en un establo en Belén". Entonces aparecieron muchos ángeles, y todos alababan a Dios.

¡Gloria a Dios en las alturas!
¡Paz en la tierra entre los hombres que
gozan de su favor!
Lucas 2:14

Los pastores se apresuraron a ir al establo. Y comprobaron que ahí estaba el bebé, tal como el ángel les había dicho. Estaban tan felices que cuando regresaron a cuidar a sus ovejas, ¡les gritaron las buenas nuevas a todas las personas en el pueblo!

Papá y yo abrimos una caja de bastones de dulce. Primero, todos comemos uno. Después colgamos los demás en el árbol. Los bastones de dulce nos recuerdan los cayados de los pastores.

Papá saca unas tintineantes campanitas de la caja de adornos. Con frecuencia las ovejas usaban campanas para que los pastores las pudieran encontrar si se extraviaban. Jesús vino para ser nuestro Buen Pastor. Jesús vino para protegernos y cuidarnos.

Papá me levanta para que yo pueda poner al ángel en la punta del árbol. ¡Las buenas nuevas que los ángeles dieron a los pastores también son buenas nuevas para ti y para mí!

That first Christmas night came to an end, **Mom reads,** but many miles away some men saw a new star in the sky. They knew that the star meant that a new king had been born. They followed the light of the star for many nights.

Finally, the star stopped over a house in Bethlehem. There they found Mary and Joseph and Jesus. The wise men knew that Jesus was the new king—the King of Peace. They knelt down and worshiped him.

Then, opening their treasure chests,
they offered him gifts of gold,
frankincense, and myrrh.
Matthew 2:11b

While Dad hangs lots of stars on the tree, I hang some little packages wrapped like gifts. Mom closes the storybook, and we all say a special prayer of thanks for Jesus, the first and best Christmas gift!

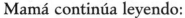
Mamá continúa leyendo:

Esa primera noche llegaba a su fin, pero muy lejos de ahí algunos hombres vieron brillar una nueva estrella en el cielo. Ellos sabían que esa estrella significaba que un nuevo rey había nacido. Así que siguieron la luz de la estrella durante muchas noches.

Finalmente, la estrella se detuvo sobre una casa en Belén. Ahí encontraron a María, a José y a Jesús. Estos sabios del Oriente sabían que Jesús era el nuevo rey, el Rey de la paz. Así que se arrodillaron y lo adoraron.

Abrieron sus cofres
y le ofrecieron
oro, incienso y mirra.
Mateo 2:11b

Mientras papá cuelga muchas estrellas en el árbol, yo cuelgo pequeñas cajitas envueltas como regalo. Mamá cierra su libro de historias, y todos hacemos una oración especial de agradecimiento por Jesús, ¡el primer y mejor regalo de Navidad!

Advent Prayers

First Sunday: Dear God, thank you for your promise that your love will never end.

Second Sunday: Dear God, thank you for the prophets who told of Jesus' coming and for the Gospel writers who gave us the good news.

Third Sunday: Dear God, thank you for Mary and Joseph and for the shepherds and the wise men who spread the good news of great joy for all people.

Fourth Sunday: Dear God, thank you for families all over the world who light candles to welcome the King of Peace.

Christmas Eve/Day: Dear God, thank you for sending Jesus to shine in our hearts!

Oraciones de Adviento

Primer domingo: Amado Dios, gracias por tu promesa de que tu amor por nosotros nunca terminará.

Segundo domingo: Amado Dios, gracias por los profetas que proclamaron la llegada de Jesús y por los escritores del Evangelio que nos dieron las buenas nuevas.

Tercer domingo: Amado Dios, gracias por María y José, por los pastores y por los sabios del Oriente que proclamaron las buenas nuevas de gran gozo a toda la gente.

Cuarto domingo: Amado Dios, gracias por las familias de todo el mundo que encienden velas para dar la bienvenida al Rey de la paz.

Nochebuena/Navidad: Amado Dios, ¡gracias por enviar a Jesús para que brille en nuestros corazones!